LA

PRINCESSE MARIE.

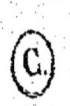

LA
PRINCESSE MARIE,

VISION.

Par TERCY.

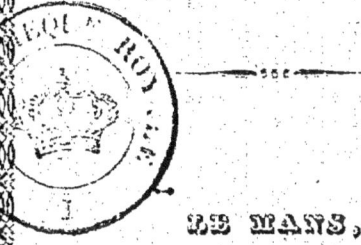

LE MANS,

IMPRIMERIE DE CH. RICHELET.

1839.

Elle était de ce monde où les plus belles choses

Ont le pire destin;

Et rose elle a vécu ce que vivent les roses,

L'espace d'un matin.

MALHERBE

Madame, cependant, a passé du matin au soir, comme l'herbe des champs.

Le matin, elle fleurissait, avec quelle grâce, vous le savez! et le soir, nous la vîmes séchée.

BOSSUET, oraison funèbre de *Madame*, duchesse d'Orléans.

LA
PRINCESSE MARIE.

VISION.

C'était la nuit. — Un ange, envoyé par les cieux,

De sa baguette d'or avait touché mes yeux,

Je dormais et voyais. — Au murmure de l'onde,

Je me crus transporté sur la rive féconde

Que la mer de Sicile enrichit de ses eaux.

C'est là que, se mirant au cristal de ses flots,

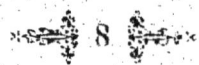

De l'antique Chaldée harmonieuse fille,

PALERME étale aux yeux l'éclat dont elle brille,

Dans toutes les saisons la nature y sourit,

Toute plante y prospère, et tout arbre y fleurit.

On voit dans ses jardins et le laurier du Pinde,

Et le palmier d'Egypte, et le figuier de l'Inde.

L'orme y prête son ombre au raisin de Damas,

Et l'olive y mûrit au près de l'ananas.

Mais son premier honneur, mais sa plus douce gloire,

Dont Palerme à jamais gardera la mémoire,

C'est d'avoir, sous l'abri d'un royal arbrisseau,

D'une vierge pudique ombragé le berceau,

De l'avoir rafraîchie au souffle de ses brises,

Et bercée au doux bruit de ses vagues soumises.

Parmi ses jeunes sœurs, MARIE était son nom,

D'une antique lignée aimable rejeton,

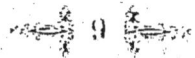

Des langes de l'enfance elle sortait à peine ,

Qu'une étoile la guide aux rives de la Seine ,

Pays favorisé de la terre et des cieux ,

Asile des beaux arts , berceau de ses ayeux.

C'est là que , sous l'abri de l'aile maternelle ,

Aussi pure qu'un lys , comme un lys aussi belle ,

Elle croît et grandit , dans sa jeune saison ,

Pour l'amour et l'orgueil de sa noble maison.

Déjà quinze printemps riaient sur son visage ;

Mais dans sa puberté , belle , pudique et sage ,

Elle sait réprimer tout regard indiscret ;

Aussi, jeunes et vieux l'admirent en secret,

Comme un verger scélé, comme une vigne enclose,

Une fleur en bouton, nouvellement éclose.

Affable et souriante, une aimable candeur

Tempère de son front le vif éclat. Son cœur

Est comme une fontaine, une source d'eaux vives

Qui rafraîchit, abreuve et féconde ses rives.

Le pauvre, à son aspect, se sentait consolé,

Comme un petit oiseau de son nid envolé,

Et qu'une jeune fille a trouvé sur la neige,

Glacé, presque mourant, et que la bise assiège,

Qu'elle glisse en son sein, où le pauvre petit,

A la douce chaleur de cet aimable nid,

Se réchauffe, et s'ébat, et renaît à la vie,

Et, par un cri d'amour, chante sa jeune amie.

Avez-vous respiré la rose de Saron,

Avec son doux parfum, avec son frais bouton,

Lorsque, au lever du jour, les gouttes de rosée

Tremblent dans sa corolle au soleil exposée ?

Avez-vous respiré la fleur de l'oranger,

Lorsque, au printemps, ce roi du rustique verger

Livre aux brises de mai sa senteur embaumée,

Et réjouit au loin la terre parfumée?

Plus doux et plus suave est aux sens éperdus

Le parfum qu'autour d'elle exhalent ses vertus.

Le charme qu'elle inspire, elle seule l'ignore ;

Chaque jour plus timide et plus modeste encore,

Tout le bien qu'elle fait n'est connu que des cieux.

A la moindre louange, elle baisse les yeux,

Puis rougit de pudeur et , sous un léger voile ,

Dérobe ses attraits , comme une chaste étoile

Qui , dans les longs replis de sa robe d'azur ,

Aux astres de la nuit cache un front toujours pur.

Cependant le temps fuit , et l'heure qui s'écoule

Amène d'autres soins , et des pensers en foule.

Sa jeune âme s'exalte , et l'ange des beaux arts ,

Qui semblait sommeiller, se montre à ses regards,

Fait briller à ses yeux le flambeau de la gloire ,

Et lui montre de loin le temple de mémoire.

« Travaille, lui dit-il , travaille et tu vivras ;

« Travaille avec ardeur , et tu partageras

» De la création le divin privilège

» Avec l'être incréé dont le bras te protège. »

   Durant le poids du jour , à l'heure du repos ,

L'ange lui répétait ces leçons à propos ;

Elle , lui soumettait quelques doutes modestes ,

Et son sommeil était plein de rêves célestes.

   Voilà que tout-à-coup fermente dans son sein

Une idée..... ou plutôt un sublime dessein.

Elle voudrait doter sa nouvelle patrie ,

Cette France, qu'elle aime avec idolâtrie ,

D'un chef-d'œuvre — qui pût attester à la fois

Son amour pour la France et pour ses saintes Lois.

Dès-lors plus de repos ! pour elle plus de trève !

Soit que le jour commence , ou que le jour s'achève ,

A la ville, à la cour, au milieu de la nuit,

Cette idée en tout lieu l'assiège et la poursuit.

Elle rêve,.... médite.... et vingt fois dans sa tête

Esquisse un nouvel œuvre, et jamais ne l'arrête ;

Doute vraiment sublime ! heureux tâtonnement

D'un esprit, qu'on ne peut satisfaire aisément !

Elle hésite longtemps, puis enfin se décide,

Et, docile aux avis de l'ange qui la guide,

Elle tire à la fin de son jeune cerveau,

Par un effort de l'art, un prodige nouveau,

Une image vivante, et l'empreinte immortelle

De cette belle JEANNE, héroïque Pucelle,

Qui sauva son pays aux remparts d'Orléans.

Et, cet œuvre divin, une enfant de quinze ans

L'a conçu, l'a nourri dans sa tête puissante,

Et l'a lancé vivant sur l'arène innocente ;

Où ses jeunes rivaux se disputaient le prix,

Comme autrefois, aux yeux des Hellènes surpris,

On vit du Roi des Dieux la fille bien aimée

Du front de JUPITER s'élancer toute armée.

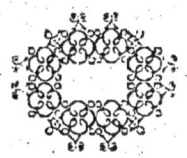

Elle semblait heureuse et tout lui souriait;

Sa belle renommée en tout lieu la suivait,

Et son jeune laurier n'excitait point l'envie;

Et, pourtant, je ne sais quelle mélancolie

Se peignait dans ses traits, attristait son regard.

Pourquoi sur tes beaux yeux ce voile de brouillard?

Ce front toujours pensif? Et pourquoi ce sourire

A peine effleure-t-il ta bouche qui soupire ?

Serait-ce que déjà quelqu'amer souvenir ,

Quelque pressentiment trouble ton avenir ?

Vous êtes jeune et belle ; et , dans cette vallée,

Vous avez à franchir encor plus d'une allée

De myrtes , de tilleuls , d'acacias en fleurs.

Par de-là l'horizon, aux riantes couleurs ,

Il vous reste beaucoup à voir , belle MARIE,

Et beaucoup à gravir au sentier de la vie ,

Avant que d'arriver dans le gîte du soir;

Courage ! jeune fille , et surtout bon espoir !

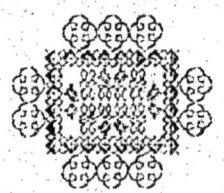

Mais le temps, qui jamais n'arrête et ne sommeille,

Arrive, et fait bientôt vibrer à son oreille

Des sons Elyséens, de célestes accords,

D'un amour qui s'ignore ineffables transports.

Etonnée et craintive, elle veut fuir, émue,

Comme le jeune aiglon qui se perd dans la nue,

A l'aspect de l'autour prêt à fondre sur lui.

Mais elle fuit en vain; — Un nouveau jour a lui;

Et devant l'avenir, que la foi lui découvre,

La voilà résignée. — Enfin le temple s'ouvre,

Au bruit des chants sacrés, entre le couple heureux,

Aux marches de l'autel ils s'inclinent tous deux,

Le prêtre les bénit, — Et leur union sainte

Réjouit les parvis de la divine enceinte.

Sous les vastes lambris d'un antique manoir,

Epoux et conviés, du matin jusqu'au soir,

Prolongent le banquet, et la fête est charmante.

Silence !... c'est la voix du poète qui chante :

« MARIE est une fleur, au calice vermeil,

» Qu'a fait épanouir un rayon du soleil.

» Des monts de la Sicile en ces lieux transplantée,

» De la pluie et des vents par le ciel abritée,

» Un jour, le germe heureux que nourrira son sein,

» A la douce fraîcheur des brises du matin,

» Refleurira comme elle, et sa sève féconde

» D'aussi beaux rejetons enrichira le monde. »

« MARIE est une vierge, au cœur plein de bonté,

» D'amour, de bienveillance et de sincérité.

» Sa parole est un charme, et son accent vous touche;

» Des mots p'eins de douceur distillent de sa bouche,

» Comme un rayon de miel qu'à la ruche on a pris,

» Qui de vos mains ruissèle, et provoque les ris

» Du peuple, dont la foule autour de vous se groupe,

» Tandis que de marmots une joyeuse troupe,

» Ardente à la curée, et réclamant ses droits,

» Accourt en souriant pour vous sucer les doigts. »

« MARIE est une fleur solitaire et mystique,

» Qui se plaît au désert. Sa pudeur angélique,

» Comme un voile jeté sur ses chastes appas,

» Les couvre de son ombre et ne les cache pas.

» Attrayante pudeur qui, placée autour d'elle

» Ainsi qu'une barrière, aimable sentinelle,

» Réprimant, appelant les regards tour à tour,

» Inspire le respect, la tendresse et l'amour. »

Il déroulait ainsi le fil de ses pensées,

Quand je vis sur le mur ces paroles tracées :

« O TROP HEUREUX ÉPOUX ! HATEZ-VOUS DE JOUIR !

« GLOIRE, JEUNESSE, AMOUR, TOUT VA S'ÉVANOUIR. »

Soudain la scène change. — un horrible incendie,

Et qu'attisait encore un vent de Germanie,

Assiège un vieux palais que je vois s'ébranler,

Et sur ses fondements tout près de s'écrouler.

Le cristal des vitraux et le marbre des salles

Tombaient en mille éclats sur le pavé des dalles.

Le fléau, tel qu'une hydre, un dragon furieux,

Darde une triple langue et lance mille feux.

Plus d'espoir de salut ; et le monstre en furie,

Dont la rage s'accroît de ce qui l'a nourrie,

Menace d'engloutir, dans ses énormes flancs,

Tout ce que le palais renferme d'habitants,

Meubles, vases, tableaux, monuments du génie,

Et chefs-d'œuvre de l'art ; brillante colonie,

Qu'une royale main réunit à grands frais,

Qui de l'art et du goût atteste les progrès,

Et fait pâmer de joie une foule ébahie.

Tout-à-coup, au milieu de ce vaste incendie,

Je vis, ou je crus voir, une femme.... Ah ! grand Dieu !

Qui peut l'avoir conduite en ce funeste lieu ?

De sa nocturne veille encor préoccupée,

D'une simple tunique à peine enveloppée,

Elle veut fuir, — Déjà sur le pavé brûlant

Elle pose un pied nu, furtif et chancelant,

Mais un torrent de feu, de cendres, de fumée,

Tourbillonne autour d'elle et la tient enfermée.

Et moi, saisi d'effroi, je lui tendais les mains,

Quand son époux, après des efforts surhumains,

Bravant du noir fléau la dévorante rage,

(Quel autre qu'un époux aurait eu ce courage!)

S'élance, la saisit, l'emporte dans ses bras,

Et l'arrache, mourante, aux horreurs du trépas.

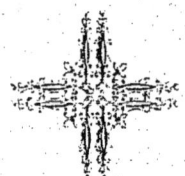

J'en tressaillais encor , quand la rive fleurie ,

Où le Toscan se baigne aux mers de l'Etrurie ,

Vient offrir à mes yeux un spectacle nouveau.

A la pâle lueur d'un sinistre flambeau ,

Sur un lit de douleur , j'aperçois une femme

Et belle et jeune encore ; et cette noble dame ,

Haletante , et déjà dans les bras de la mort ,

Comme un héros chrétien , par un sublime effort ,

Dans ce dernier combat , déployait un courage

Au-dessus de son sexe , au-dessus de son âge.

Les yeux noyés de pleurs , un frère et son époux ,

Au chevet de son lit , priaient à deux genoux ,

Succombant sous le poids d'une affreuse pensée.

Dans ce pieux devoir la nuit s'était passée ,

Lorsque le chant du coq , précurseur du matin ,

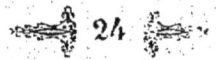

Retentit. — S'agitant sous ses voiles de lin ,

Joyeuse , elle parut sortir comme d'un rêve ,

D'un rêve bienfaisant , que le réveil achève.

Puis d'une voix qu'émeut une douce pitié :

« O de moi même , toi , la plus chère moitié !

» Soutiens-moi, lui dit-elle, et toi, Nemours, écoute:

» Des cieux, dans mon sommeil, j'ai cru franchir la voûte,

» Et j'ai vu...... les élus , au banquet conviés,

» Assis autour du trône ..... Amis, si vous saviez......!»

Et d'une voix alors si douce qu'on l'eût prise

Pour le souffle affaibli d'une mourante brise ,

Ou le frémissement de l'aile d'un oiseau ,

Ou le soupir qu'exhale , aux portes du Tombeau ,

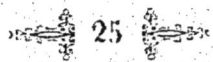

Une âme qui s'envole, — « Au revoir ! reprit-elle ,

» Amis ;... consolez-vous.... notre âme est immortelle!»

Puis elle dit encore : « Adieu mon beau pays !....

« Terre de France, adieu !... que le Dieu de Clovis

» Fasse pleuvoir sur toi ses fécondes rosées ,....

» Ses rayons les plus purs, ses plus fraîches ondées! »

Elle était en extase , et l'œil au ciel levé ,

Et murmurait encore un chant non achevé ;....

C'était comme une voix , une hymne aérienne ,

Dernière exhalaison de cette âme chrétienne.

Tout était consommé ! — je vis un jeune essaim

De vierges , s'avancer des palmes à la main ,

En couronner le front de la jeune mourante ,

Et chanter , en pleurant , cette hymne consolante ;

« Notre jeune compagne a détourné les yeux

» De la terre d'exil, pour les lever aux Cieux ;

» Et, loin d'elle laissant la terre désolée,

» Au pays des esprits elle s'est envolée,

» Comme un oiseau qui fuit des filets du chasseur,

» Des lys à pleines mains ! pour notre jeune sœur,

» Dans la fleur de ses ans ravie à lumière ;

» Commençons le cantique, et fermons sa paupière. »

« Ah ! ne regrette pas ton gracieux printemps !

» Comme un fleuve rapide, aux flots retentissants,

» Ne revoit pas deux fois, dans sa lointaine course,

» Les gazons verdoyants, ornements de sa source,

» Au chemin de la vie ainsi l'homme égaré

» Ne revoit pas deux fois le bocage sacré,

« Les sentiers parfumés, et les routes fleuries

» Où, jeune, il égarait ses douces rêveries ! »

« Et nous aussi, MARIE, après un peu de temps,

» Ainsi que l'hirondelle, au retour des autans,

» Vers des climats plus doux s'envole à tire-d'ailes,

» Nous prendrons notre essor aux voûtes éternelles.

» Car si, dans la saison, l'olivier reverdit,

» Si le pampre joyeux au printemps refleurit,

» De l'homme racheté la semence immortelle

» Germera pour le Ciel ! — Et la moisson nouvelle,

» Comme le pur froment du soigneux laboureur,

» Sera criblée au van du divin Rédempteur ! »

« Et maintenant, jeune Ange, adorable MARIE,

» De la hauteur des Cieux, ta première patrie,

» S'il te souvient encor, dans ce divin séjour,

» Des choses d'ici-bas, jette un regard d'amour

« Sur cette pauvre mère, à jamais désolée,

» Qui refuse de vivre et d'être consolée,

» Parce que tu n'es plus !.............. »

.... Les chants avaient cessé.

Je respirais à peine et, le cœur oppressé,

Je méditais, pensif, ces royales misères,

Et je vis, aux lueurs des torches funéraires,

Un cortége de deuil conduire tristement

Une jeune Princesse, à ce froid monument,

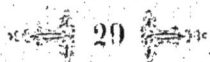

À ce champ du repos, qu'assiègent à toute heure

Rois, Princes et sujets ; triste et sombre demeure,

Où ses nobles ayeux, attendant le réveil,

Dans les bras de la mort dorment d'un long sommeil.

Père ,... époux.... frères.... sœurs.... famille désolée,

Prosternés à genoux au pied du mausolée,

Comprimant avec peine une immense douleur,

Restent comme abîmés sous le poids du malheur.

Immobiles, muets, les yeux noyés de larmes,

Ils repassent entr'eux ces jours remplis de charmes,

Où, dans une retraite, asile des vertus,

Une fille, une sœur....... qu'ils ne reverront plus...

Répandait autour d'elle une ineffable joie !

Et, dans ces souvenirs où leur âme se noie,

A cette heure suprême, et devant ce cercueil,

Ils sentent croître encor leur douleur et leur deuil.

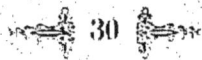

Mais quand il faut quitter ces dépouilles si chères,

Que de cris, de sanglots! que de larmes amères!

Le Roi pleurait........! ses fils, en ces cruels moments,

Remplissaient le saint lieu de leurs gémissements!

Et moi, qui méditais cette touchante histoire,

Ce néant des grandeurs, ce songe de la gloire,

Je DOUTAI... que Dieu même, attendri par nos pleurs,

Pût trouver un remède à de telles douleurs!

Pardonne-moi, grand Dieu, cet instant de délire!

Mais la foi dans mon cœur reprenant son empire,

Je m'écriai, saisi d'un lyrique transport :

« O bienheureux trépas! ô glorieuse mort!

» O mort, pour le chrétien que ton joug est aimable!

» Tu l'enlèves, joyeux, d'un monde périssable,

» Pour le porter vivant à l'immortel séjour

» Qu'habitent à jamais et la vie et l'amour ;

» Patrimoine divin, glorieux héritage,

» Qui de tous les élus doit être le partage !

» Salut, tombeau chrétien ! salut, mânes pieux !

» Tabernacles sacrés, et vous, dômes des cieux,

» Ouvrez vos pavillons, vos portes éternelles !

» Brillante, et le front ceint de palmes immortelles,

» Une fille de France — Et du sang de Louis,

» S'avance..... au devant d'elle abaissez vos parvis !

» Vierges sans tache, et vous, troupe sainte, angélique,

» Colombes du Seigneur, achevez le cantique ;

» Plus de pleurs ! plus de deuil ! plus de tristes adieux !

» Un ange,..... votre Sœur, vous sourit dans les cieux. »

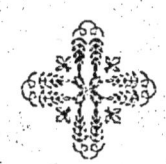

ÉPILOGUE.

C'est ainsi que non loin des rives de la Loire
J'essayais d'esquisser la poétique histoire
  D'un enfant glorieux ;
Et, déjà sur le seuil de la tombe où j'aspire,
Savais encor tirer de ma mourante lyre
  Un son mélodieux.